Superhero Fay Aah's Humanity Telescope

超能英雄之人間望遠鏡

圖、文：摩菲亞

推薦序

超能英雄！驟眼看還以為是自己的名字。仔細閱讀摩菲亞同學的創作、欣賞他的繪本，發現這位超能英雄，是個不折不扣的勇士！一個樂於助人的孩子，面對身體的極大障礙，依然無畏無懼、發揮無限的生命力去行善，令我突然明白，父母為我選了「超雄」這個名字，可能就是這個意思！謝謝你，摩菲亞！使我明白生命的意義。我會努力向你學習，盡力用自己的生命為身邊的人帶來善和美！

張超雄先生

立法會議員

記得那天跟摩菲亞討論他創作這故事的大綱，我問他想帶出甚麼訊息給大家，他很清楚地回答：「好想人們明白傷殘人士。」這個「明白」對我們來說，真的難想像，難感受，難估計。

傷殘人士所面對身體上的限制是我們無法想像，簡單到起居生活都需依賴他人幫忙、有些連抬個頭、舉起手都不行；他們每天困在輪椅上，何來感受走得腿痠腳麻的滋味？從來舟車勞頓是他們渴求的享受，人多車多的街道對他們簡直難能可貴，讓限制的生活添上色彩；他們面對的壓力、身體的痛楚及對生命的把握，是沒有一條公式可以計算，難以估計。

我特別欣賞他們樂觀，敬佩他們的毅力。摩菲亞希望用有限的生命，把他的積極正面的生活態度用圖畫，用故事去告知大家，感染大家。我期望當你看畢這繪本後，把積極正面的生活態度實踐起來。

譚蘊華老師

一看封面那位「喜歡幫助別人的超能英雄」，已叫人動容。故事主人翁失去了雙腿，需要輪椅代步，木偶般的身軀只能平躺在輪椅上，但偏偏就是喜歡助人，笑容掛滿臉，正能量十足，堅定的眼神折射著「我沒有放棄」的精神。「身雖殘而志不短」便是作者摩菲亞就讀的學校——香港紅十字會瑪嘉烈戴麟趾學校——給學生的訓誨，也是學校教職員堅守的信念。摩菲亞透過創作這位超能英雄，將自己的心願、品德和志氣，在繪本中一筆一畫地說明，向人們展示我是瑪嘉烈的學生。

摩菲亞，以及其他有特殊學習需要的學生，往往受困於肢體上的限制，潛能未有機會發揮。他們或會受到歧視，能力被低估，被剝削應有的權利，包括學習和生活。我們相信「人生而不同」，當移除障礙後，掌握了機會，他們的發展可有無限的可能。摩菲亞及他的超能英雄，身體力行地肯定了這說法，也回報了師長的期望。

說穿了，「超能英雄」本是平凡人。他有愛心，會原諒別人，態度樂觀，平凡得誰也可以做到，算不上是英雄。但超能英雄愛的是敵對的人，原諒嘲笑他的人，在困難的時候仍滿懷信心，構想如何運用自己有限的能力幫助別人。能量之高不可以助人效果來比量，背後的志氣和品德，更超越了身體的障礙。他是真真正正「身雖殘而志不短」的超能英雄。我們期望有更多的超能英雄，幹著平凡的事，也期望著我們的特殊教育和社會，成就更多不平凡的超能英雄。

李灼康先生

香港紅十字會瑪嘉烈戴麟趾學校前校長

相信每一位看過這繪本的讀者都會和我一樣被摩菲亞絢麗多彩的生命力深深感動。
縱使每一個生命都有一個期限，但摩菲亞令我們相信每一個生命，是可以變成無限。

林海峰先生 2016

Once upon a time, in a faraway village, there lived a child who was always eager to help people. His name was Fay Aah. Every time he saw someone in need, he would immediately help.

從前，遠在一個村莊，住著一個樂於助人的孩子，他叫菲亞。他每看到任何有需要的人，他都會立即幫忙。

Fay Aah had a friend called Tai Lik. They were classmates. Tai Lik was the smartest in the class. Although he was smart, he was too full of himself, so many of his classmates did not like him.

菲亞的朋友叫大力。他倆是同班同學。大力是全級最聰明，但他自恃聰明又太自滿，所以很多同學都不喜歡他。

One day, a truck was speeding towards Tai Lik as he was crossing the road. Fay Aah risked his life and dashed on bravely to save him.

有一天，當大力正在橫過馬路的時候，一輛貨車向他衝過去，菲亞奮不顧身撲出去救他。

Fay Aah was hit by the truck and severely injured his legs. He could never walk again.

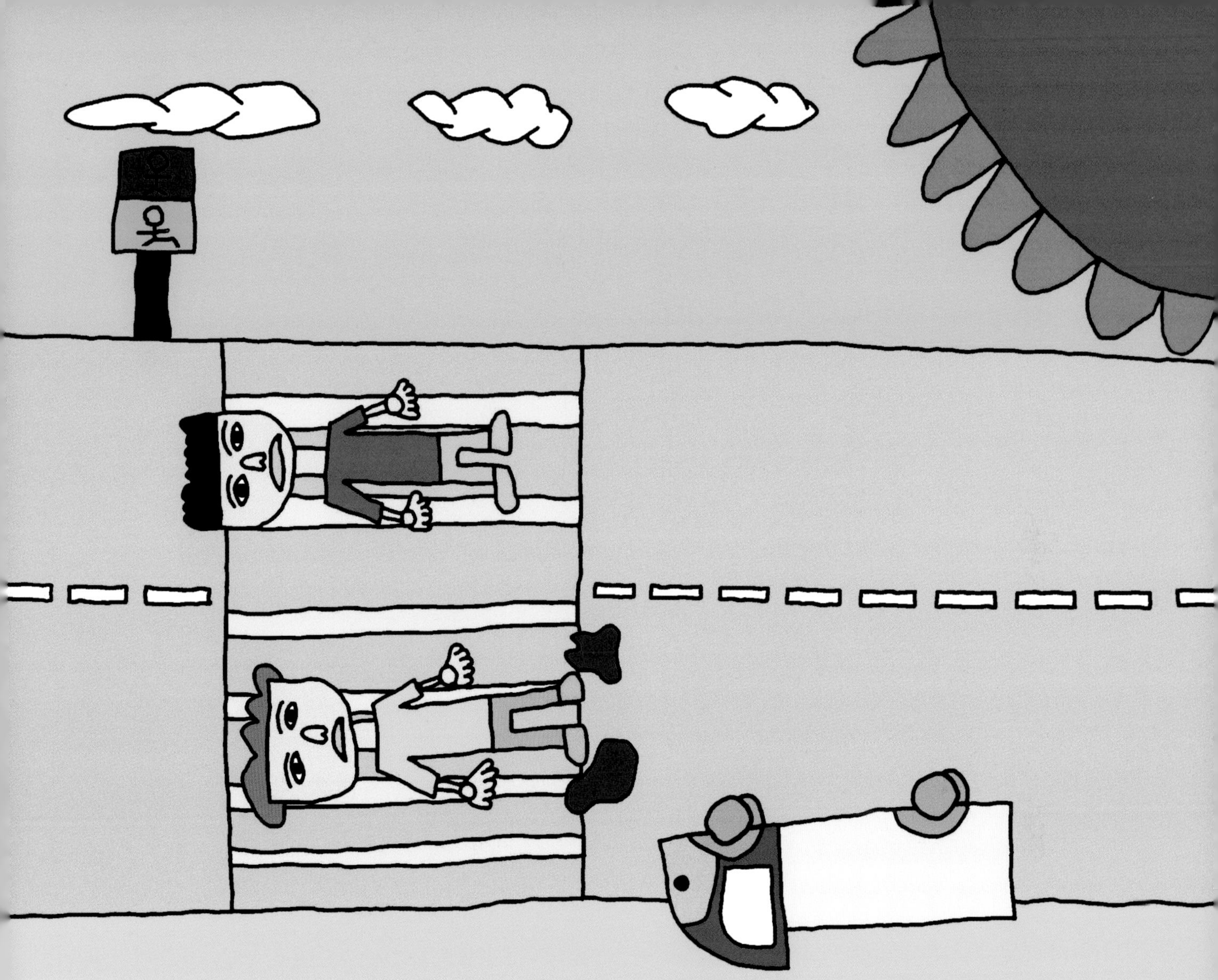

菲亞被貨車撞倒，腿傷得嚴重，他以後都不能再走路了。

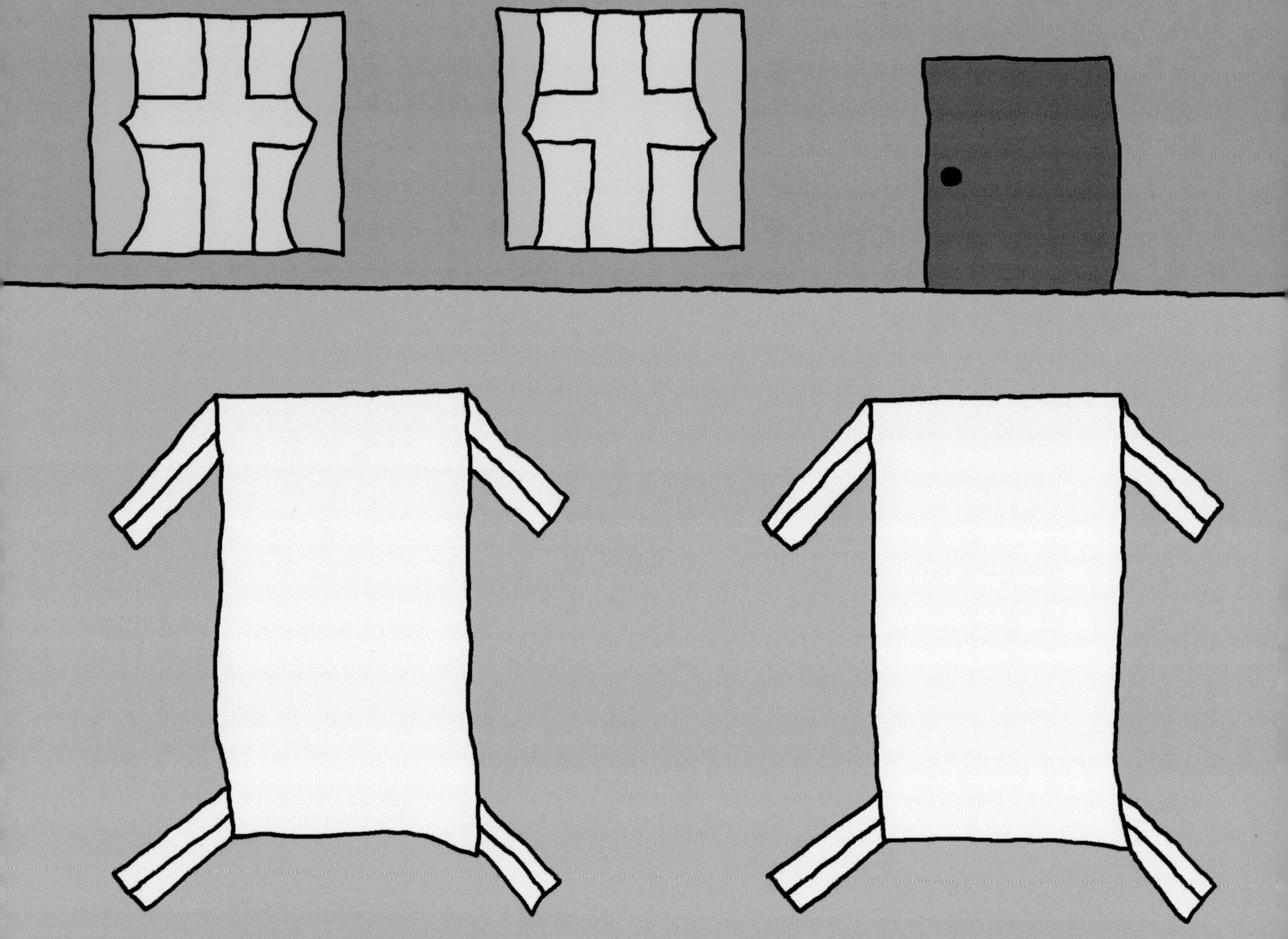

Everyone felt sorry for Fay Aah, but his mum was very proud of him. To her, his son was a superhero.

當大家都替菲亞可惜的時候，菲亞的媽媽卻為他感到十分驕傲，她認為她的兒子是一位超能英雄。

Fay Aah lost his legs, but he insisted on going to school and started using the wheelchair.

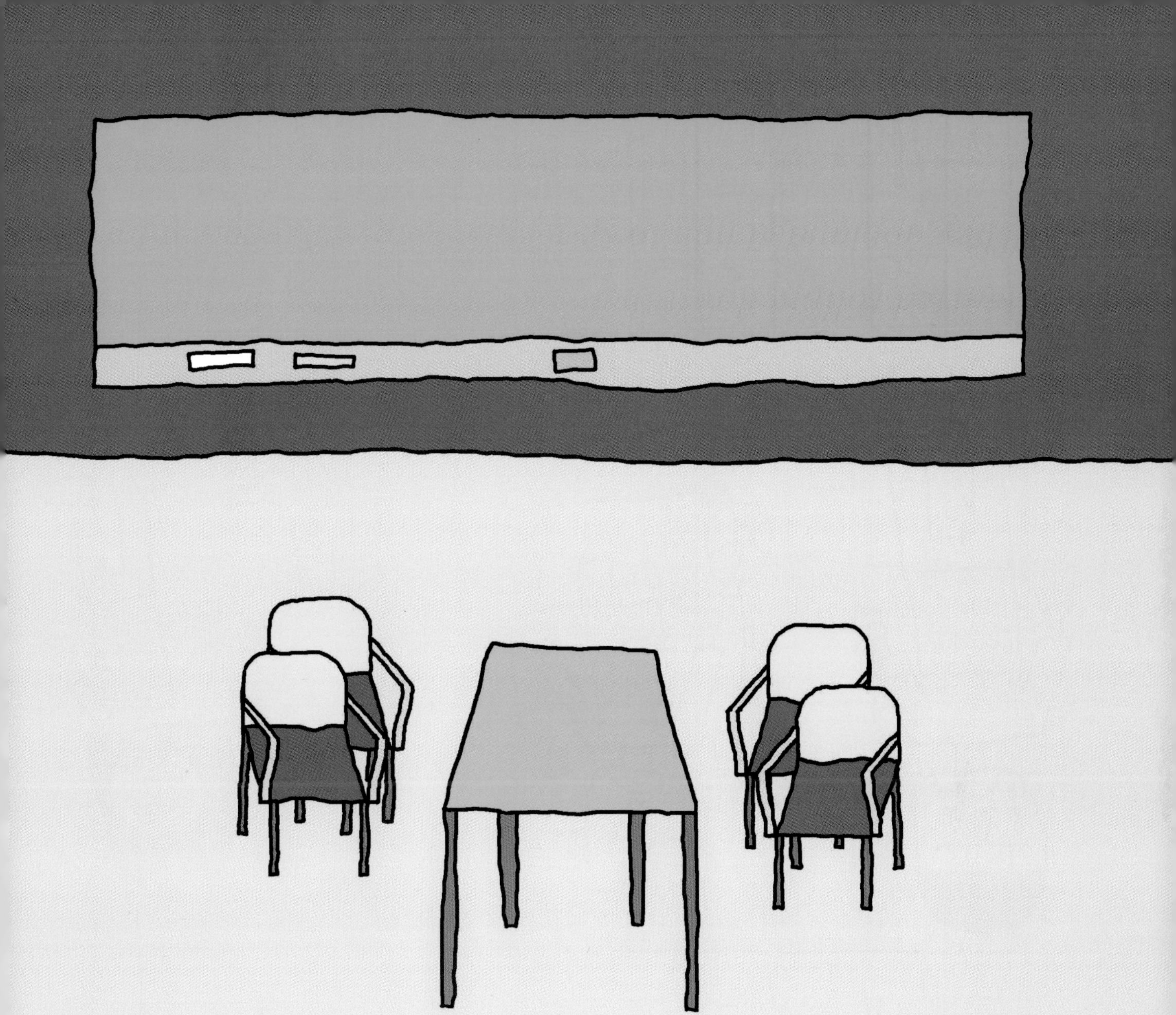

菲亞失去了雙腿，但他堅持要上學，並開始用輪椅代步。

He went back to school a week later. His classmates made fun of him. He calmly said, "To succeed in life, the most important thing is to have confidence. Confidence can help us overcome any difficulties. Therefore, we cannot lose our confidence. If we help others, they will help us in return."

一個星期後，他回到學校的時候，很多同學都取笑他。他平靜地說：「在生活中獲得成功，最重要是要有信心，信心可以幫助大家克服任何困難。因此，信心不可以減少，我們幫助別人，別人也會幫助我們。」

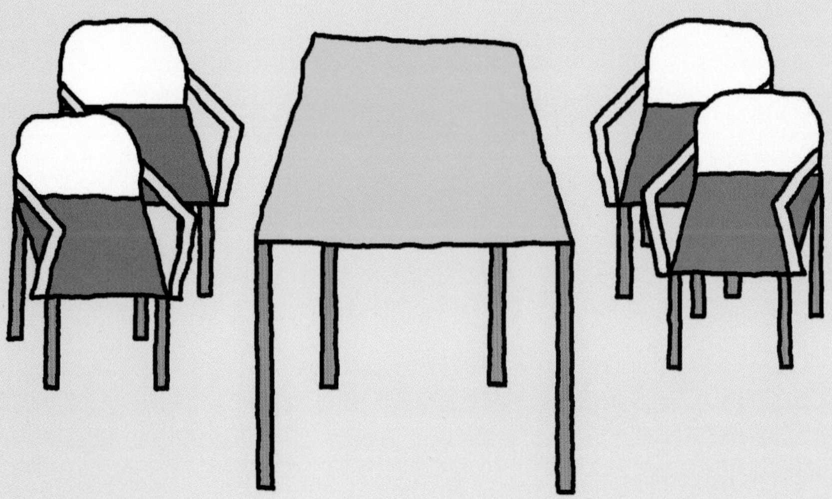

After his classmates heard what he said, they felt ashamed and tears started rolling down their faces. They were proud of Fay Aah. They applauded him to show their encouragement for him.

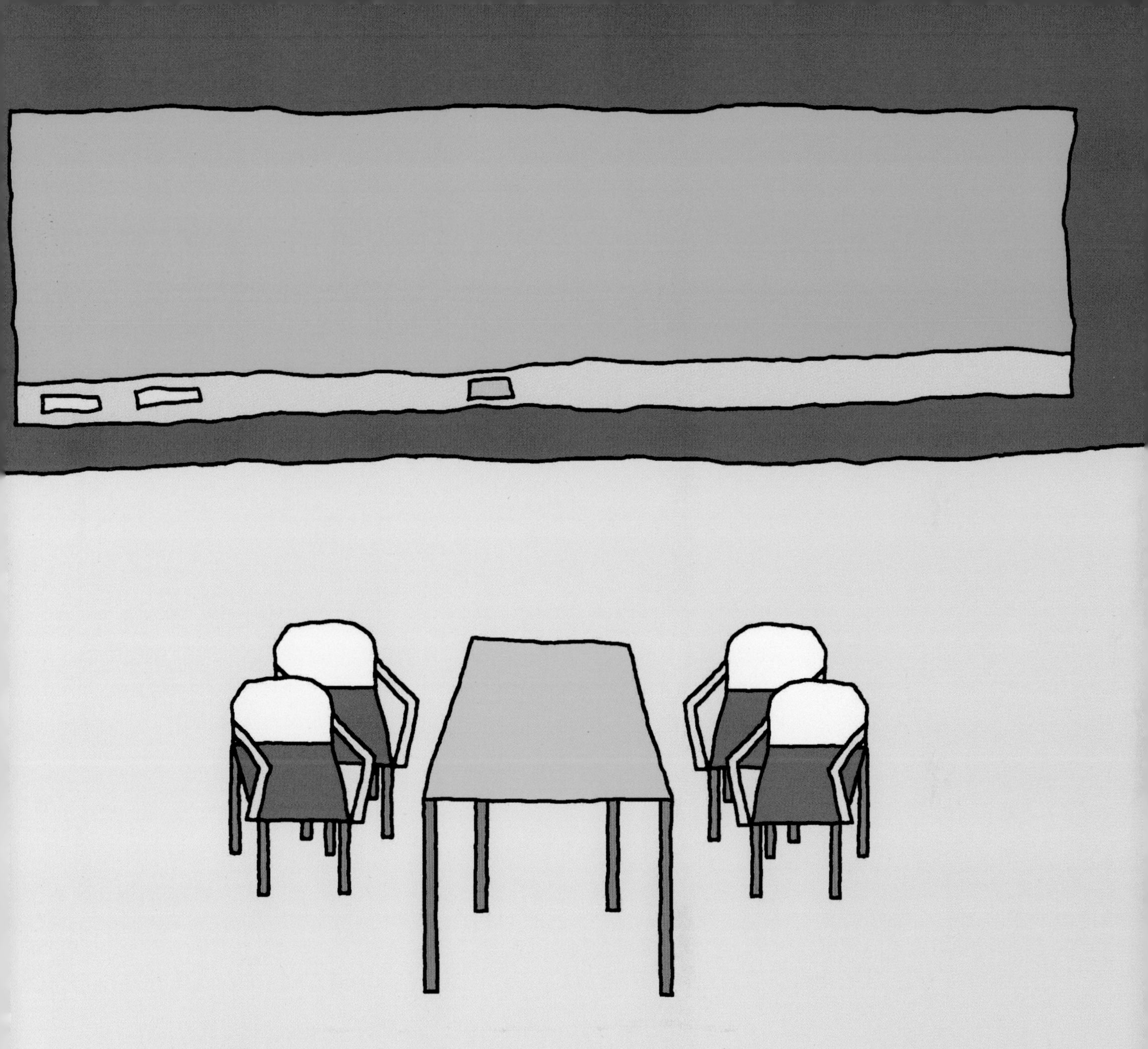

所有同學聽到這句說話後，慚愧得流著淚。他們都為菲亞感到十分驕傲，並一齊拍手鼓勵他。

A month later, Fay Aah went to see the doctor. The doctor said, "The condition of your wounds has worsened. You only have one month left to live."

一個月後，菲亞去了看醫生，醫生說：「你的傷口惡化了，你可能只剩下一個月的生命。」

Fay Aah decided to help more people in need before going to heaven. He saw an old lady carrying heavy bags, so he helped her carry them.

菲亞決定上天堂之前，要幫助更多有需要的人。他看見老婆婆提著重甸甸的袋子，便會幫忙她運送。

He saw some unhappy children. He performed some magic tricks to cheer them up.

他看到小朋友不開心，便變魔術逗他們笑。

He saw someone getting robbed. He pressed the help alarm on his wheelchair to let passersby know. Everyone on the street was very proud of him and applauded him. "I hope everyone can help those in need," he said.

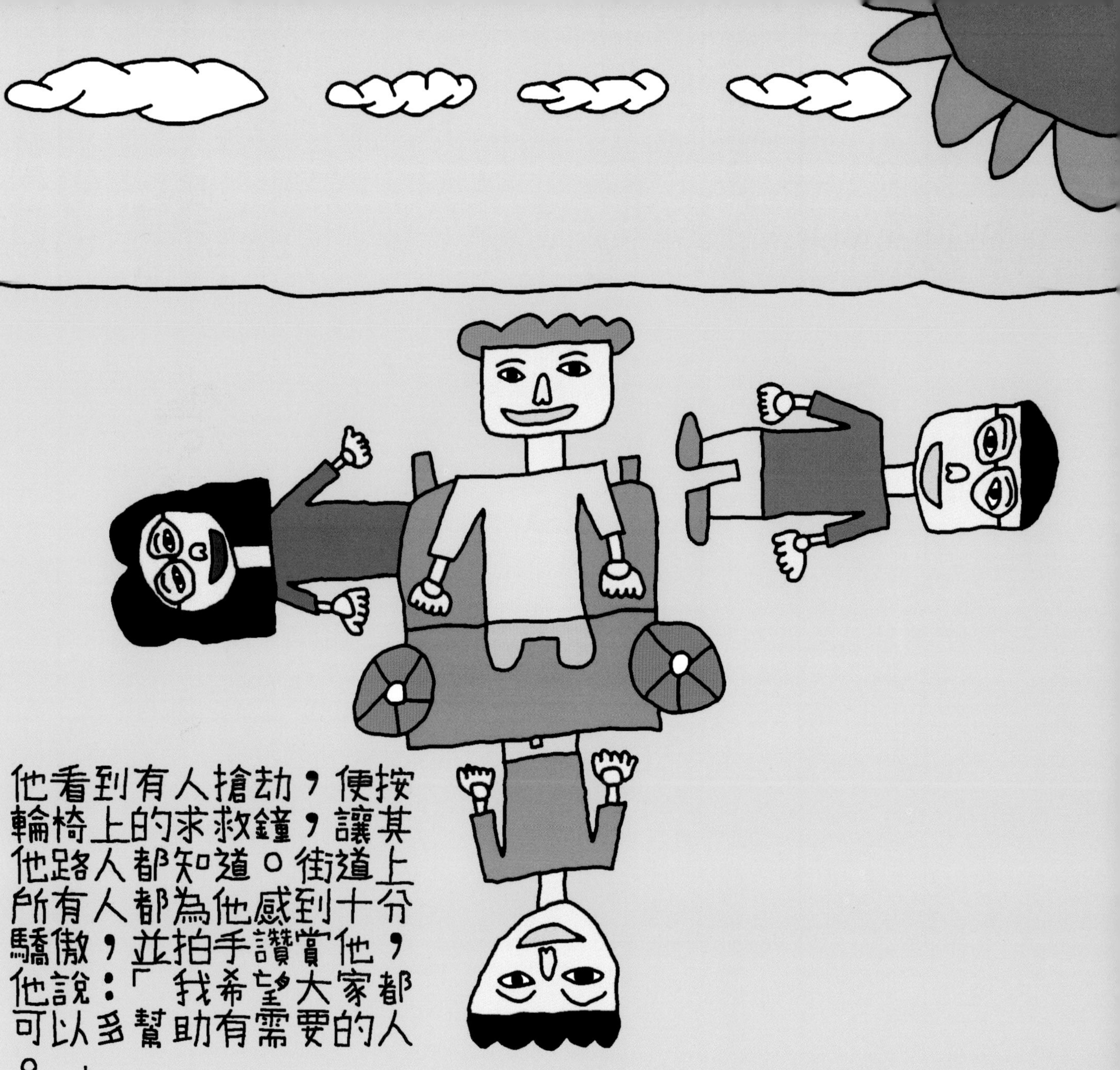

他看到有人搶劫，便按輪椅上的求救鐘，讓其他路人都知道。街道上所有人都為他感到十分驕傲，並拍手讚賞他，他說：「我希望大家都可以多幫助有需要的人。」

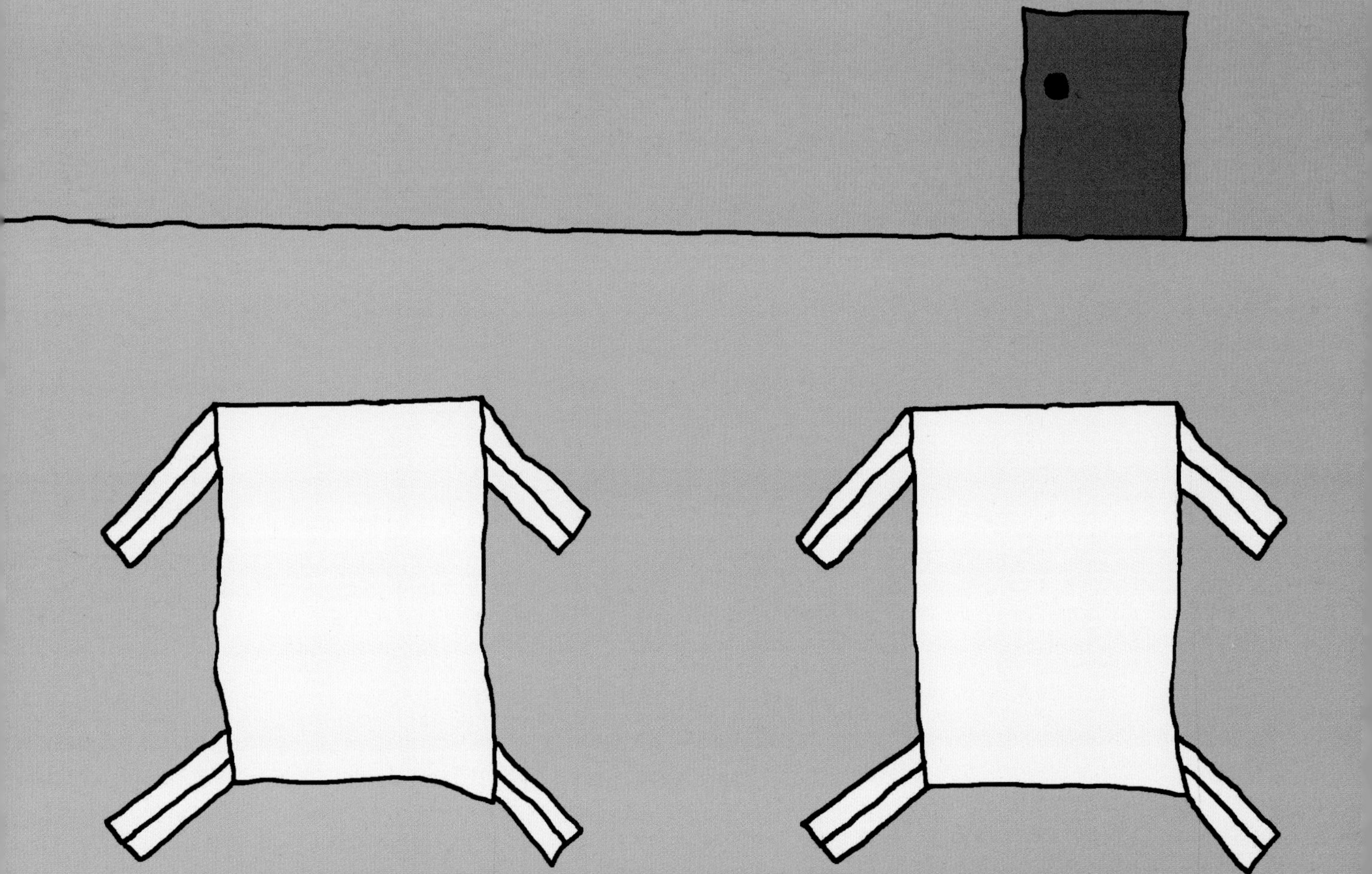

A month later, he finally passed away.

一個月後，他終於離開了。

After Fay Aah got to heaven, God gave him a "Humanity Telescope". Through the telescope, Fay Aah could see that everyone was helping those in need. He felt touched that he has not been forgotten.

到了天堂後，神送給菲亞一個「人間望遠鏡」，菲亞從望遠鏡看到大家都在幫助有需要的人，未有忘記他，他很感動。

特別鳴謝

過去的成長日子，都是跌跌撞撞中走過來。跌倒了，爬起來，原來是一個希望。現在，我坐歪了，有人過來扶我，是一個機會。雖然我遇過不少困難及低潮，但又讓我碰上一個個疼愛我的人，你們無私的付出，讓我的夢想逐步實現，再次感激你們。

多謝爸爸媽媽弟弟妹妹的愛，沒有誰比你們更重要；特別是妹妹羅曼比，陪我渡過無數個創作的日子；

多謝李灼康校長，你讓我無所限制去創作；

多謝衛沛華校監及譚麗轉副校監，多謝你們的鼓勵及支持；

多謝譚蘊華老師陪我去追夢；

還有梁海珊姑娘、李明欣老師和區家恩老師的幫忙，讓我順利完成每次的活動；

多謝「今生不做機械人夢想計劃」創辦人王仲傑先生，你的追夢經歷鼓勵了我，給我機會；

多謝 Miss Connie為我翻譯故事；

多謝所有疼愛及幫助我的人，我希望能繼續為大家創作更多有意義的繪本，讓社會變得更美麗。

摩菲亞 2017年3月

超能英雄之人間望遠鏡

圖、文　摩菲亞
出版　Under Production Ltd. 陸續出版有限公司
網址　www.underproductionhk.com
電郵　info.underproduction@gmail.com
設計及排版　Ginny Lui@Under Production
印刷　培基印刷鐳射分色公司
發行　香港聯合書刊物流有限公司
版次　2017年3月初版、2019年11月第二版
售價　HKD88
ISBN　978-988-77784-1-7